새들은 망명정부를 꿈꾸며 비행한다

모아드림 기획시선 89

새들은 망명정부를 꿈꾸며 비행한다

이지현 시집

모아드림

■ 自序

　　노트의 첫 페이지는 항상 비워두는 버릇이 있다.

　　대문을 걸어 두듯, 나의 집을 금방 보여주고 싶지 않기 때문
일 것이다.

　　이제야 첫 시집을 상재한다. 등단 후 '폐업신고'를 할까도
고심했기에 모든 것이 과분하다.

　　밖이 소란스러울수록 내면의 질서는 일목요연해진다.

　　내면의 질서가 혼란스러울수록 세상 밖은 고요하다.

　　세상의 모진 바람을 잠재워주는 눈물꽃이 되고 싶다.

2006년 봄
이 지 현

차 례

自序

1부

2부

3부

1부

팔랑거리는 자유

실겅거리는 도마질 소리
가녀린 푸른 몸으로 누워
내 몸이 반쪽에서 다시 반쪽으로
분열되는 것을 듣는다
마르지 않는 도마 위에
질척이는 시간을 말리며
포르말린에 뒹굴고 있을 때
어디선가 들리는 밥물 끓는 소리
자유롭고 싶다
팔랑거리는 손수건처럼 반기는 사람 하나 없다
누구를 위한 노래를 불러야 하나
내 조국 내 남편 내 아이…… 나의 시
나를 위해 한 줄 현관 안으로 밀어 넣는다
갑자기 일정이 취소된 외출 스케줄
깨알 같은 신문 활자들이 갑자기 허옇게 보인다
사과를 한 입 베어 물고 싶다

마지막 레지스탕스

미전향 무기수의 한숨소리
자살충동은 마지막 남은 저항군처럼
치열한데

머리에 흰 리본을 단
허무는 자꾸만
손을 내민다

뜯지 않은 봉함편지들
휴지통에 내다버린
순수

전봇대 위로
여윈 하늘은
고단함에 잠겨가고 있다

벗어버리고 싶은 남루한 옷

지금
정동의
노오란 은행나무들은
조각조각 옷을 벗고 있겠지

서울

패스트푸드점 창밖으로 기차소리가 지나간다
20년 전 고향을 떠날 때 봇짐을 잡고 놔주지 않던 손
갈대바람이 허리춤을 휘어 감는다
이마에는 국민학교 시절 도화지에 그린
서울이 끓고 있다
공장의 굴뚝에 피어 오르는 연기는
식어버린 김치찌개를 다시 데우고
차갑게 식어버린 구들장사이로 겨울을 잠재운다
번개탄을 사러가는 아이는
여인의 검정 이브닝드레스에 수없이 박힌 별들처럼
작은 불빛 하나씩을 달고 있는 벌집 같은 집들을
내려다본다
왜 가여워 보이는 걸까
저렇게 많은 집들이 있는데
머리 하나 눕힐 곳이 없다
하얗게 깔린 보도블록 위에
쏟아진 노오란 은행잎
붉은 피를 흘리며 투신한

학우를 닮은 손바닥 한 장이
다리를 휘청이게 한다
기차소리가
햄버거 속으로 기어 들어온다
야금 야금 소리를 삼킨다

아버지의 어깨

창문 끝에 걸려 있는 푸른 산등성이
비스듬히 다가오는 아.버.지.
비오는 날 바바리 코트를 걸쳐입고 늦은 밤 거리로
나와
아버지가 흘리고 간 카키색 옷자락을 뒤좇아간다
패스트푸드점에서 햄버거를 먹는 50대 남자
그의 금이빨이 왜 그리 슬퍼보였을까
텔레비전 뉴스 화면에 나타난 비슷한 얼굴을 바라보고
눈물을 흘렸다
그리움인가
여섯 개의 목숨을 품던 아버지의 어깨
굴곡이 급격한 산이
수만 년의 세월을 거쳐 완만한 산등성이로 변하듯
모든 것을 덜어낸 완만해진 산
이제
그 어깨 위에 내 어깨를 가만히 기대어 본다

박물관

난 작은 박물관 안에 살고 있지
오늘은 언어채집에 나선 작은 사냥꾼
천장의 균열된 틈에서 먼지를 타고 내려오는 빛줄기
봉인된 슬픔은 스케르초로 일어난다
입다물고 있는 얼굴들
한점의 글씨가 될 수 있다면
용비어천가의 아래 아자 하나로 태어나도 좋아
종이가 품어내는 향기를 찾아 그 속에 살 수 있다면
아무도 찾지 않은 곰팡이가 되어도 좋아
오늘도 시작되는 말줄임 게임
문장백과사전으로 기어들어가
1천1백43페이지를 어렵게 찾아낸다
'시는 거짓말 하는 특권을 가진다' 〈플리니우스 2세〉
'시란 영혼의 음악이다. 보다 더욱 위대하고 다감한
영혼들의 음악이다' 〈보들레르〉
차가운 대리석 바닥에 달뜬 머리를 눕히면
서랍 가득찬 행복의 편린들이 쏟아진다
활자 하나를 갉아 먹으면

다시 태어날 수 있을까
난 과거를 저당잡히고 살고 있는 작은벌레
오늘도 활자 하나를 갉아 먹는다

티눈

너는 베어내도 다시 자라는 잡초처럼
건장하고 붉고 아름다운 다리를 갖고 있다
너는 아름다운 구두와
널브러진 땅이 잉태한 선물이다

어느새 너는
아픈 살속으로 파고들어
치즈케익처럼 내 의식을 파먹는다
뿌리를 내린 너는 동족을 욱신거리게 한다.
작은 발바닥에 박힌 적의 눈 하나
걸을 때마다 돌멩이를 밟은 듯 아프다

떼어내면
굳어버린 의식처럼
너무나 동떨어진 육질이구나
날카로운 바늘로 찔러도 큼틀대지 않고
굳어버린 육체에서 떨어진 넌
언제 보았느냐는 듯 뾰로통하다

뿌리채 뽑으려고 며칠동안 별렀는데,

흰 깃발을 날리며
너를 키우기로 한다
고통을 주는 너이지만
싸울 수 있는 힘을 느끼게 하는 너이기 때문이다

풍경 1

외투 한 장의 그림의 벽
달려있는 창엔 밤바다가 뜬다
매연처럼 탁한 피곤이 손안에 고이면
위로하는 가난한 풍경
아직 온기가 배인 엄마의 옷은 하루치의 위안,
잠들은 막내의 이마엔 들꽃같은 소망이
한개비의 체온으로 냉기어린 온돌방이 흔들리고
스스로 허물어지는 절대공간
끝에서 길러 올리는 하루치의 부끄러움으로
이름없는 찬란함으로 겨울은 다시 옷을 입는다

풍경 2

그물처럼 정맥이 비치는 손목을 들여다보면 파란 눈
물이 솟는다
생채기라기보다 순수라고 이름 짓는다
창밖 인부들의 손마디는 회색빛으로 굳어가고
머리카락은 담배연기에 질식할 것 같은데
외출 후 돌아온 나의 얼굴엔 피곤이 가난처럼 걸려 있다

고동소리만 남아 있는 뱃길,
손아귀엔 빈 바람이 달려간다
발뒤꿈치에 난 상처가 외출을 가로막는데
온몸의 실핏줄은 낱알로 일어선다

잉크가 거의 닳은 펜대를 의지하지만
길들여진 순한 짐승처럼
집으로 돌아오는 길을 잊지 않는다

어디선가 사과 한입 베어 무는 웃음소리
새벽은 가슴에 종을 달고 투명한 소리를 낸다

간이역

네가 다시 나타난 후
난 두 가지 세상이 존재한다는 것을 알았어

나의 철로엔 없는 간이역 같은 너
우표 한 장만 있으면
어디라도
갈 수 있는 엽서 같은 너

그러나
난
네가 두려워
도망친다

우표 한 장의 행복
우표 한 장의 충만함을 느껴보았는가

가질 수 없는
갖고 싶지 않은

그 생소함을
너는 아니

언제부터 평행선이 돼버린 우리
점과 점으로 만나 이젠 다시 만날 수 없는
교차로에 섰구나

잠시 머물다 떠나는 간이역처럼

나의 철로엔 없는 간이역

골다공증

    날짜가 쓰여져 있는 일기장은 훈장 같은 상처를 건드
린다.
    3백65일 빼곡히 채워 넣으란 듯이
    헤벌리고 있는 그 두텁고 지리한 노트
    처음 대하는 얼굴에게 경계경보를 발령한다
    암호를 대야 이야기를 하겠다는 듯
    표정은 비장한 보초를 서고 있다
    생각은 자꾸 갈피를 빠져나와 내 손을 쉬게 만든다
    형광등의 전기줄을 잡아당기면
    어둠은 삼켰던 사물들을 되살려 놓고
    질긴 어둠 속으로 다시 잠수한다
    의자는 골다공증을 앓고 있는 어머니의 한숨소리를
내고
    돌발적인 바람에 머릿속에선 부스럭거리는 소리가 난다
    잠 못잔 두 눈은
    세제로 유리컵을 닦은 듯 뽀드득 소리를 낸다
    공기 속으로 재빨리 달아나는 알코올처럼
    또 잠이 달아난다

"더 이상 수신된 메시지가 없습니다"
"더 이상 호출된 정보가 없습니다"
전화라인을 비집고 1센티미터 굵기로
흘러나오는 메시지는 흔적없는 지문을 남긴다

헛바늘

어둠이 고여 있는 복도 끝방
촛농처럼 물컹해진
몸뚱아리 하나
징역의 시간을 보내고 있다
무엇이든 다 해낼 것 같았던
기세찬 마음은 모두 외출해 버리고
이상과 꿈
힘도 순결했던 육체도 없다
고개 숙이는 깃발……
영원한 토요일을 기다린다

표정의 덫

당신의 존재는 무엇입니까
고작 고목처럼 스러져 눕는 그 무엇입니까
우린 왜 같은 하늘 아래 살고 있나요
이렇게 화해하기 힘든 강을 건너기 위해서 입니까
언제부터인가 만들어진 감정의 비무장지대
플라스틱 지뢰까지 매설해 두었군요
지난 날의 초록빛 꿈은 생각인들 합니까
그래요
처음엔 물처럼 노래처럼 풍경처럼 다가온 당신,
이젠 바람이 되어 버렸습니다
인생은 질겨빠진 오징어의 뒷다리 같군요.
씹어도 씹어도 진국이 나오지 않는 말라빠진 오징어
뒷다리는 아닌지요
퇴근길 거리를 메우고 있는 젊은 군상들을 봤어요
당신에게도 저렇게 젊고 패기 있는 시절이 있었겠지요.
저 역시 미래를 꿈꾸던 시절이 있었습니다
유리창이 빌딩 아래로 추락하는 아득함을 느껴보았는
지요

통조림 공장 같은 도시의 전사통지를 받아들고
당신 앞에 표정의 덫을 놓습니다
야곰야곰 순수의 눈금을 지워갑니다.
혹여 당신이 노크하며 다가오길 기다리며……

자유 또는 상상

내게 주어진 3시간 30분의 자유
나의 수인 번호는 '자유' 또는 '상상'
커피 대신 녹차를 마실 수 있는 자유
서비스센터 대기실에서 히말라야를 생각할 수 있는
상상
머릿속에서 시계태엽 감는 소리가 난다
이번엔 얼마나 멈추지 않고 갈 수 있을까
여기는 서비스센터 대기실
고장 난 청소기가 완치돼 나오길 기다리는
난 갇힌 자
시간의 철창 안에서의 자유는 무슨 의미인가
세상과의 소통을 위해 늦은 밤 메신저를 로그인 해본다

강을 건너며

겨울 강은 파아랗게 결빙되고
칼끝 같은 바람은
뜨거운 혈액 속으로 스며 든다
더 이상 달리지 못하게 더 이상 뜨거워지지 못하게
의식을 마비시킨다
날카로운 그를 조심스런 고통으로 뽑아낼 땐
차라리 빈 웃음이 난다
이제 곳곳에 산재해 있는 그의 기억들을
하나하나 빼내어 타오르는 망각의 강 위에 흘려 보내
야지
우리가 미래의 풍경이 될 수 없듯
차라리 오늘 난 약속 없는 내일을 위해
잘 정제된 소염제 한 줌을 삼킨다

결혼 축전

뒷모습만 보아도 가슴이 설레어 오는데
햇살이 유난히 맑은 오늘
너는 고운 잇속을 드러내며
살포시 웃음 지었다

바람소리만 들어도 뒤돌아보는데
거리가 바람에 팔랑이는 오늘
너는 바람보다 먼저 와
손을 내민다

고개 내민 향기로움 때문에 고개 들지 못하는데
따스한 오미자차 한잔을
비우지 못하고
마음만 헹구어낸다

내 가진 것이라곤 온기 배인 우표 한 장뿐인데
긴 밤이 지나고
새 날이 밝아 오면

우린 같은 의상을 입고
에덴으로 향하는 연인이 된다

그리운 것은 문이 되어

이렇게
문밖에 서 있어도
불현듯 네가 그리울 때가 있어
그리운 것은
문이 되어 다가 온다

열리지 않는
문은
이내 사라지지만
언제고
그 문 앞에
서 있다

그리움은
하늘색 크리넥스 티슈
한 장의 소망
한 장의 들꽃
한 장의 꿀벌

선잠든 막내의 이마 위에 흐르겠지

남겨진 시간이
저 하늘색보다 많을까

그리운 것은 문이 되어 다가 온다

내 그대를 사랑하는 까닭은

이른 아침의 차가운 공기가 코끝을 떠나기 전, 내 미소 짓는 이유는 그대를 바라볼 수 있기 때문이라오. 길을 걷다가 문득 미소 짓는 까닭은 바라볼 수 있는 곳에 아직도 그대가 있기 때문이라오.

차라리 그대가 멀리 떠나 주길 기다렸소. 그러나 은빛 레이스 뜨기를 하는 창조주의 손길은 멈추지 않았소. 푸른 들판을 달리는 숨결도 자연스러운 것이라고 위로했다오.

역사성을 갖기 위해, 나만의 논리를 갖기 위해 살아온 시간들이 손짓하며 웃고 있소. 부질없었다고. 과연 우리가 이 세상에서 기쁨을 누리고 행복감에 젖을 수 있는 영역은 한정된 것이 아닌가 하오. 허름한 여관방에서 헤겔의 변증법을 이야기하며 작은 세미나를 열던 시절, 명동성당 앞에서 장구소리에 어깨춤을 추며 가락을 맞추던 시간들…… 연기처럼 사라질 거라고 미리 알았다면 내 인성이 달라졌을까 하오.

수년동안 침묵만을 지키는 내게 그대는 결별을 선언했다오. 끝없는 투망질에 걸려들지 않는 나의 눈빛에 지

쳤다고. 그러나 그대가 떠났어도 빈자리는 생기지 않았다오. 따뜻한 눈빛, 온순한 말소리, 간지러운 웃음, 바람을 일으키는 발자국 소리. 수년이 지난 지금도 사라지지 않았다오. 그것은 그대를 사랑하는 마음이 아직 끝나지 않았기 때문이라오. 시작하지도 끝나지도 않은 바라보는 사랑이었소.

내가 확신하는 것은 사랑은 대가를 바라지 않는다는 것이라오. 아무것도 소유하지 않았을 때 사랑의 품은 더 깊어지는 것이란 걸 말이오.

1998년 1월 오후, IMF식당에서 점심을 해결해도 서글프지 않은 까닭은 추억할 만한 사랑이 있었기 때문이었소. 1998년 1월 26일.

다시 시작되는 세상

기다리던 편지처럼
가슴속으로
뚝 뚝 떨어진다
기다림의 두께만큼
푹 푹 쌓여간다
때론 이유를 알 수 없는 분노 때문에
괴로워했던 기억들을 지워 달라고 말할까
한 사람의 소심함과 슬픔,
고통과 상한 마음을 덮어 달라고 말할까
그리고 아주 오래 전 일이지만
한 젊은이를 심판했던 일을
한 젊은이에게 형벌이 내려지도록 방조했던 일을
눈을 감으면 다시 처음
석탄 같은 눈물을
흰백의 소금으로 만들어 달라고 말할까
두 눈 가득히 흰눈이 빗금을 친다
두 눈 가득 순정의 소금알이 빛난다
방금 태어난 세상은,

탄광처럼 어둠이 깊어진 상심을 덮고
녹말가루처럼 뽀드득 소리를 내는 첫눈은
내게 다시 일어서라고 말한다

고가도로

거기 너 있었다
수많은 사람들이 너를 스쳐가도
너 그냥 거기 있었다
그들이 날린 사금파리가
생채기를 내도
너 그냥 거기 있었다
84번 버스가 점으로 소멸될 때까지
너 그냥 거기 있었다
흰눈이 포물선을 그어대도
빗소리가 이마를 반쯤 잠기게 해도
꼼짝하지 않는구나
네게 스며드는 빗물
눈송이였으면

2부

새들은 망명정부를 꿈꾸며 비행한다

새들은 망명정부를 꿈꾸며 비행한다
머리 둘 곳 하나 없는 세상
어쩌면 이 비행이 멈추지 않을지도 모르는데
떠남에 익숙해져 버렸다
갈망의 주머니를 안고 사는 유목민처럼
내 가진 것이라곤 모래바람을 막을 수 있는 모포 한
장과
반가운 손님을 대접할 말 우유 한잔이 전부
다시 돌아갈 수 있을까
연녹빛 잎사귀들의 속삭임에 웃음을 참을 수 없었고
창연한 가을빛에 넋을 잃었던 곳
안온한 둥지에 세월을 묻었다
바람에 허리가 꺾인 어느 겨울날
눈의 무게를 못 이겨 뚝- 뚝- 비명을 지를 때
소리의 굉음을 피해 도망치고 말았다
새들은 망명정부를 꿈꾸며 비행한다
유전자 속에 각인된 본능이
기억 속에 흐려지고 찢겨져 나가길 기다리며

새 날의 새 둥지를 찾아
무정부주의자는
저무는 햇살을 등에 업고 장엄하게 날아오른다.

바람의 딸

바람을 타고 땅에 떨어진
한 알의 씨앗
바람의 포근한 입김으로
싹을 틔우고
바람의 격려를 받으며 커갔다
그리고 사랑은
기다리는 것이라고 배우며 늙어갔다

바람이 사랑은 그리움을, 고통을
기다리는 것이라고
심장을 독수리에게 쪼아 먹히는
고통을 참아내는 것이라고
말해 주었을 땐
이미 난 멈추려 해도 멈출 수 없는
사람을 사랑하는 병에 걸리고 말았다

달팽이

해질 무렵
석필로 그려진 집 한 채만
남아 있는 마당
졸음에 겨운 아이들의 합창
비음 섞인 아기의 칭얼거림
집으로 돌아가고
난
더듬이를 머리에 이고
세상 밖으로 기어 나온다
빗소리만 들리면
뽀오얀 화장을 하고
치마를 정강이까지 걷어 올리고
저벅저벅 기억 속으로 들어간다
지난 여름
장마철 실개천에 놀다 일곱 계단을 밟고
하늘로 올라간 세 아이들을 기억하며
더듬이 하나가 잘려나간다
빗소리만 들리면

머리에 인 더듬이가 무거워 세상 밖으로 기어 나온다

저당 잡힌 목숨은 하나
그래도
새로 돋아나는 더듬이

돋지 않는 날개

수만 년 동안 잠을 자 보았으면
낮잠에서 깨어나
폐광 속으로 걸어들어가는
뒷모습이 가뭇가뭇하다

유년의 자유가 전철처럼
미끈하게 흘러간다
아스팔트 위의 빗물은
스며들 곳이 없어
흘러내리기만 한다

긴 여름에도 긴팔을 입고
잘 깎아 놓은 연필심에 침을 묻혀
써 놓은 편지
가슴에 품고 간다
뚜껑을 잃어버린 플러스펜
말라버려 더 이상 써지지 않는
나의 추억

잦은 기침으로 쉬어버린 목소리에
역청 같은 꿀을 발라
쉬게 하리라

더 이상 겨드랑이에선
날개가 돋지 않는다

누룽지와 숭늉

수십 갈래로 금이 간 육체를
비집고 들어가
흘러내린다
조각으로 흩어지는 시간

예고 없이 켜진 백열전구
어둠을 따라간 꿈
내가 떠난 후에야 비로소
세상 밖으로 나온다

불안하고 암울한 식욕을
달래주는 따뜻한 한 잔의 물이 돼서야
우리가 한 그릇 안에 있다는 것을
알게 되었다

둥지

날아오길 기다리는 나는
둥지 같아

붙잡지도
유혹할 수도 없이
그냥
그 자리에 있을 뿐

가지고 싶어도
갖지 못하고

날고 싶어도
날지 못하는
나는
둥지

마침표 찍는 날을 기다리며

모래시계처럼
삶의 대답을 너에게 붓는다
누군가
정신 차리라고
물구나무선 나를 흔들 때까지
흘러내린다

수액을 뽑아 집을 짓는
거미처럼
나를 뽑아 의미를
지었다
그러나 그것이
사슬이 될 줄 몰랐다
누군가
모두 거짓이라고
외칠 때까지
껍질만 남은 한 마리 곤충

압정으로 꽂아 놓은 메모지가
파랗게 떨린다
불안감은 거미줄 같은 내 신경에 느닷없이 걸려든다.

나는 물구나무선 모래시계
모든 것을 쏟고 나서야
텅빈 하늘을 가질 수 있었다
그 하늘이 말라버리는 날
비로소 마침표를 찍으며

몽당연필

너의 짧아진 허리를 부둥켜 안고
충만한 기쁨의 노래를 한다.
오랜 시간을 함께 했다는 기쁨과
얼어버린 시간을 녹여준 너의 가슴이
잠수함처럼 다가온다
흔적없이 사라져 버리는 것들에 걸었던 기대가
얼마나 보잘것없고 부질없는 것들인지
갓캐낸 고구마를 바라보며 감사하는 너
축사를 향해 바삐 걸어가는 모습을 바라보며
무릎을 꿇는 내 가슴

미련

발뒤꿈치 어디선가
왼쪽 귓불 어디선가
툭- 툭- 떨어지는 빛나는 모래알
젖은 발등에 묻어 예까지 왔구나
너를 씻어 내지만
비릿한 바다냄새는 지울 수가 없다
목이 깊은 컵에 국화차를 마시며
너를 보낸 걸 후회한다
버썩-
입안에 맴도는 모래 알갱이
아직 떠나지 못한 너를
삼켜버리며
너와 함께 살기로 한다

바람의 흔적

바람처럼 흔적을 남겨선 안 돼
아무도 눈치채선 안 돼
너 조차 내 마음을 알아서는 안 돼
말없이 지나가는 바람에게
이름없는 들꽃에게나 말해줄 수 있어
나의 눈은 한 사람을 찾고 있지
네게 말을 건네고 싶으면 다른 사람을 찾아 이야기를
하지
네가 와서 말을 건네 주길 바라면 난 다른 곳을 응시
하지
그리고 마음 속으로 기도한다
만약 저 길목에서 우연히 너를 만나면
상자에서 걸어나와 용기를 내어 보겠다고
사람이 많은 후쿠오카 텐진역에 즐비하게 늘어선 상
점가에서
네가 나를 찾으면 용기를 내보겠다고 중얼거리지
언제나 나를 찾는 시선을 느끼면서도 도망갈 수밖에
없다

움켜쥔 고삐를 놓아버린다면…… 세상이 허락할까
퇴근길 서점을 기웃거린다

바로 당신입니다

전쟁의 포연 속에서
살아남아야 한다고 다짐하게 만드는 얼굴
빙초산에 절인 상추처럼 늘어진 어깨를 세워주고
덧칠한 가난을 한순간에
벗겨줄 사람
바로 당신입니다

바라만 보고 있어도
잔잔히 부서진 목소리를 듣고만 있어도
우물처럼 깊어지는 그리움을 주는 것은
바로 당신입니다

그 문 앞을 서성이며 발꿈치를 들면
저만치 성큼 서성큼 다가와
문을 열어 줄 것 같은 사람도
바로 당신입니다

바람에 춤추는

전신주 위의 구인광고처럼
나는 몸서리칩니다

바이러스에 감염된 디스켓

누군가 보고 싶어 질 때가 있다
얼굴조차 떠오르지 않지만
갤러리에서 고화들을 뒤적인다
이렇게 문득 아무것도 할 수 없을 때가 있다
노오란 민들레처럼 보고 싶은 시간에 목졸린 얼굴로
남대문 시장을 찾는다
아무것도 내게 줄 수 없던 것을 주는 거리의 사람들
받은 만큼 돌려 달라고 말하는 사람은 없다
란제리 노점상, 앙증맞은 별을 닮은 신발을 팔고 있는
사람, 사하라를 생각나게 하는 황색가방이 있는 가
게……
울리는 전화를 받고 싶지 않을 때가 있다
혼자만의 시간 속에 갇히고 싶을 때이지
바이러스에 감염된 디스켓처럼
모든 사람에게 내 아픔을 나눠주고 싶을 때가 있다
그럴 땐
그냥 잠을 청한다.
9살난 딸아이처럼

사랑의 기호

처음에 그것은 낯선 기호
아무리 쳐다봐도 느낌이 없는
고대어 또는 이국의 언어

동상에 걸린 글씨처럼 꼬물꼬물 죽어간다.

불면증

오지 않는 시간을 기다린다는 것이
얼마나 뼈아픈 일인지
해보지 않은 사람은 몰라
한 숟가락의 갈등
한 숟가락의 유혹
한 숟가락의 포기를
적당히 섞어 마신다
자신을 위장한다는 것이
얼마나 낯 뜨거운 일인지
해본 사람은 알지
배에 힘을 주고 말하는 진실
목에 힘을 주고 말하는 위선
나는 늘
두 가지의 모습으로 존재하지
한 장의 종이 속에 꼭꼭 밟아서 넣은
어린시절 다듬이질 소리
바람에 날리는
풀 먹인 이불 호청

그 날카로움에 베이지 않으려고
아무것도 듣지 않고
무작정 기차를 올라탄다

사랑의 힘

분쇄기에서
쏟아지는 커피 알갱이
그것은 다시 뜨거운 액체로
흠씬 젖어 눕는다

분쇄기에서
쏟아지는 시간의 편린
그것은 다시 부영돼
그림자로 흐른다

은근히
치밀어 오르는 부아도
저 분쇄기에 넣으면
사랑이 될 수 있을까

불명의 축전

너의 이름을 옷장 속에 넣어 둘 수 있을까
아침에 깨어나면 벌써 너는 펄럭인다
붉은 우표를 붙인 너를 우체통에 넣고 뒤돌아선다
며칠 후 되돌아오는 수취인 불명의 축전
고이 접어 서랍 속에 넣는다
건너갈 수 없는 강이 되어 흐르는 정
다시 꺼내 가슴 속 깊이 넣는다

생명의 기도

하늘도 가슴이 무거워 내려앉았습니다. 포연이 끊이지 않는 전장에서 날아든 비보는 기다림이란 폭염 속에 갈라진 국민의 가슴에 비수처럼 내리꽂혔습니다.

그는 아랍선교를 꿈꾸던 서른세 살의 청년이었습니다. 또한 조국의 아들, 당신의 아들이었습니다. 서른세 살의 청년, 예수가 십자가에 달려, "엘리 엘리 라마 사박다니"라고 말씀하셨듯이 그도 기도했을 것입니다.

그러나 우린 압니다. 그가 결코 버림받은 것이 아니란 것을, 선교를 위해 썩어지는 한 알의 밀알이 되고 싶다고 말했던 그의 말은 새순을 싹트게 할 것으로 믿습니다. 생명을 앗아간 그들에게 생명의 소리로 전해지게 하소서.

그는 마지막 순간 '내가 너를 사랑하노라' 고 하신 생명의 목소리를 들었을 것입니다. 문을 열고 기다리고 계시는 당신을 보았을 것입니다. "아들아, 조국의 아들아, 너의 죽음은 결코 헛되지 않을 것이다." 우린 이제야 당신의 낮은 목소리에 귀기울입니다. "나의 아이야 네가 날 아는지 모르겠으나 난 너의 모든 것을 알고 있단다

(시 139:1). 난 네가 앉아 있을 때와 그리고 일어설 때를 알고(시 139:2) 너의 모든 길을 너무나 잘 알고 있으며 (시 139:3) 너의 머리카락의 수도 다 셀 수 있는 것은(마 10:29~31) 네가 나의 형상을 따라 지어졌기 때문이란다 (창 1:27). 집으로 오너라 내가 너를 위해 아주 커다란 잔치를 할 수 있도록(눅 15:7). 난 항상 너의 아버지였고 또한 그것은 앞으로도 변하지 않을 것이다(엡 3:14~15). 애야, 내 아이가 돼주겠니?(요 1:12~13) 네가 오길 기다리며(눅 15:11~32)"

주님,이제 범람하는 분노의 바다를 잠잠케 하소서. 이유를 알 수 없는 고통의 광야에서 유리하는 영혼들을 위로하소서. 비통의 골짜기에 빠져 있는 가족들을 건져 주시고 광야에서 뒹구는 상처 입고 지친 영혼들을 어루만져주소서. 그리고 상실과 절망의 늪에 빠져 있는 이 나라를 건져 주소서. 악의 세력에 무릎을 꿇는 것이 아니라 주님의 절실한 호명에 무릎을 꿇게 하소서.

—아랍 선교를 꿈꿨던 한 젊은 청년의 죽음을 추모하며

서울은 낡은 가전제품

서울은
낡은 가전제품
지-지-직 소리가 난다
오존 주의보가 내린
서울은
애프터 서비스를 받을 곳 하나 없다

빈 방에 앉아 있는 나
일렁이는 TV화면은 중얼거린다
불행하게도 우리 대부분은
기술자들이 돼가고 있다고

골동품 같은 아파트
문 하나만 열면 앞집 소리가 새 나온다
식탁에 앉으면 옆집 수돗물 여는 소리가 차오르고
윗집 마루 밟은 발자국 소리까지 새겨난다

우리의 존재함이란 무엇일까

잡다한 업무 속에 티타임을 강매 당하고
후줄근한 하루를 마감한다.
젊은날 그 푸르던 녹음이 가득했던 캠퍼스와 학우들
이 떠오른다

종옥 형찬 그리고 지금은 하늘나라에 있는 계영
시 한줄에, 한편의 명화에 감동하고
작은 선물과 호의에 감격할 줄 아는
그 순수함을 다시 갖고 싶다

달구어진 정오는 서서히 식어가고
오후의 황혼은 가르마를 탄다

TV는 이내 전원이 나가고
서울은 캄캄한 암흑천지
지-지-직

생채기

결코 익숙해진 것이 아니올시다
결코 아픔을 이겨낸 것이 아니올시다
작은 어깨로 바위덩이같이 무거운
고독과 그리움을 참아내는 것이올소이다
그 아픔을 친구 삼아
친숙해지고 그것에 익숙해지고
내가 그 함몰된
생채기가 되는 것이올소이다

결코 잊은 것이 아니올시다
결코 사랑의 슬픔을 선택한 것이 아니올시다
흔적조차 없어지길
뒤꿈치가 닳아 하얗게 된 운동화처럼
당신의 호명을 기다리는 것이올소이다

사랑이 존재하는 자리

한번도 태우지 못한 시커먼 구공탄에게,
태우고 태워 허옇게 허울만 남은 구공탄에게
말하고 싶다
소진되길 기다린다고
낡아 희미해지길
오랫동안 신은 운동화 바닥처럼
지문조차 찾아 볼 수 없게 되길
애초부터 없었던 것처럼
그런 마음이 되길 기도하겠다고

찬밥 한 덩이를 삼키고
가슴앓이를 한다
문득 문득
통증 속에서 존재를 실감한다

사랑이 있던 그 자리가
바로 내가 존재했던 자리란 것을

속성사랑 1
— 블루버드

팩시밀리에 담겨져 전송되는 별 하나
표절된 사랑은 아니겠지
세상엔 왜 그리
아픔을 지닌 사람들이 많은지
기대하는 것이 너무 많기 때문이 아닐까
억울한 주차 징수를 당했을 때의 황당함
사람들 속으로 숨어버리고 싶다
녹아버린 촛농처럼 물컹해진 허벅지
서랍 속에 얼마나 많은 삶을 저당잡혀 두었는지
목숨을 찾으러 간다

아이들의 재잘거리는 소리에
머리를 감으며 떠날 준비를 한다

세월

몇 번이고 마음은 짐을 챙긴다
때 묻은 옷
힘주어 접어 놓은 지폐 한 장
여고생 때 입던 주름치마
군에 간 아들의 허름해진 바지

여밈 끝이 매운
그들을 풀어 놓으니
손끝이 얼얼하다
무명 속곳
흰양말
삼베바지
생일에도 고개드는
그 봇짐들

또 주섬 주섬 짐을 챙긴다
빛이 가득 든 노트 한권과 연필
그것만으로도 행복했었다

이젠
바닥에 앉아
가득한 노래의 보따리를 풀리라
유년의 아이들이 부르는
노래를 들으며 들판을 걸어야지

세상 끌어안기

지도를 펴고
네가 탄 호남선 열차가 달리고 있는 곳을 따라가본다
전선에 메아리치는 예광탄은 말하라고 하는데

내가 믿는 것과 믿지 않는 것
확증할 수 없는 주장이 우리의 인정을 얻는 것은
우리가 인정받길 열망하기 때문이란 것을

수많은 사상자 명단에서
네 이름 석 자를 눈부릅뜨고 찾으며
가슴을 쓸어 내린다

새떼들처럼 모여 있는 초록 군상들
밤새 횃불든 함성
아무 일 없었다는 듯
아스팔트 위를 뚜걱거리는 방관자들

다시 세상을 끌어 안는다

3부

시집살이 1

밤은 수면제처럼 침식되어 가는데
나는 충치 하나를 앓고 있다
근처만 건드려도 뿌리까지 흔들려 몸살을 앓듯 아프다
얇은 입술은 아름답게 위장하고 있지만
혀근육은 근질거리며 움직이기 시작한다
그 날쌘 혀끝에 온 힘을 모아
반쯤 뿌리가 뽑혀진 충치 밑둥으로 밀쳐내고 싶다
용기가 나지 않는다
눈가의 근육까지 곤두선다

수취인 불명에게

다시는
사랑의 시를 쓸 수 없는 것일까
회색 편지 봉투 속에
넣어 보낸 연가는
하루도 못되어 되돌아 온다
수취인 불명의 붉은 도장이 찍힌 얼굴
추락하는 뜨거워진 가슴
팽개치지 못한
그리움이 질문이 되어 내리는 들녘
와이셔츠 주머니는
검은 피를 흘리며 노래한다
내가 쌓기 시작한
한 장의 벽돌이
아름다운 궁전이 되어 달라고
내가 쌓기 시작한
한 장의 벽돌이
네게로 향한 돌계단이 되어 달라고
허무의 궁전이라도 좋다

하루 만에 스러질
모래성이라도 좋다

시간 속으로

한숨은 푸른 바다가 되고 가슴은 멀미를 한다
비보만 들리는 시간
아침의 편집국 창은 푸른 안개가 감돈다
담배연기에 젖은 원고들이 곤두박질친다
사각틀 안에 갇힌 글자들은 점점 커지고
작은 틀은 점점 줄어들어 목을 조인다
그렇게 전선을 넘어서 한 세기가 지난 것은 더욱 아
니다
편집국엔 더 이상 원고지가 존재하지 않는다
노트북 두드리는 소리는 소낙비처럼 쏟아지고
그 비는 우리를 젖게 만든다
어제부터 내린 비가 지금까지 내린다
이야기를 남겨두고 헤어진 우리들처럼
비는 아직도 이야기를 건넨다
언제 그칠 것인가
내 눈거풀 위로 비가 내린다
아주 미세한 비가 분무기로 품어대듯
자꾸만 얘기하라고 한다

그냥 눈을 감고 잠을 청한다
왜 우린 늘 추억뿐인가 현재와 미래는 없다
지금 만나고 있어도 현재와 미래는 없다
다만 흘러가는 시간 속으로 기억될 뿐
무모한 게임도 즐기지 않는다
다만 이마 너머로 느껴지는 세계를 갈망할 뿐

시집살이 2

가슴 한쪽이 쪼그라들며 소리를
삼킨다
바람빠진 공처럼
수형의 생활
푸른 옷에 수인번호는 없지만
간수는 곤두서는 내 의식을 감시한다
흘러나오는 간헐적인 기침
10년의 악몽은 비장한 웃음을 지으며
뒷짐진 채 나타난다
괴롭히던 그 손아귀, 신경질적인 한숨소리
중얼거림, 느린 발걸음 소리, 한탄의 소리가
거대한 수레에 실려 가슴위에 구른다
벗어났으면……
벗어날 수 있다면
내가 이 세상에서 하나밖에 없는
행복한 사람이라고 느꼈던 시간은
기억 속에서 차츰차츰 베어져 나간다
야금거리는 곤충에게 뜯기는 달콤한 육질

지금 이 순간이 불행하다면
지난 35년의 생이 불행한 것
바퀴를 달고 이 세대를
바람처럼 지나가고 싶다
높이뛰기를 하는 측두동맥처럼

자전거 페달을 밟으면

자전거 페달을 밟으면
생명으로 존재함에 감사하는
한 뿌리의 잡초가 된다
자전거 페달을 밟으면
탄산음료 같은
깊은 여름 바다는 무릎을 꿇고
쩍쩍 갈라진 욕망의 땅은 잠든다
자전거 페달을 밟으면
어느새 은혜의 고동소리는
나의 기도가 된다
은륜은
빛나는 가을의 머릿결이 되고
점점 깊어지는 가슴이 되고
생명을 갈망하는 골짜기가 된다
그곳으로 나를 흐르게 한다
한 없이 흘러 닳아 없어지도록

자전거 페달을 밟으면

자전거 페달을 밟으면
새로운 세상을 만난다

우물을 둔다는 것은

잃어버린 얼굴 하나를 떠올린다
저 길모퉁이를 돌아서면 만날 수 있을까
바람은 부는데…
오늘 왜 너의 모습을 찾는 걸까
수예점 아저씨의 푸근한 인상 탓이었을까

긴 세월을 유영하다 침잠해 있던 얼굴은
수예에 직조된 무늬처럼 되살아 난다
창에 뿌옇게 낀 성에 같은 그리움
우린 서로에게 무엇인가
둥지와 새,
혹은 비와 우산인가

먼 길을 떠났다가도 불현듯 네 생각이 나곤 한다
언제 어느 길모퉁이에선가 만날지도 모른다는 기대감은
나를 살아 숨쉬게 만든다
마음 한 구석에 네 얼굴이 비치는 우물을 둔다는 것
그저 같은 땅 위에 두 발로 걷고 있다는 것은

우리에게 내린 크나큰 은혜
어느 땅 위에선가 씩씩하게 걷고 있을 너를 생각하면
얼었던 코끝이 녹아내린다

가을

이불을 깁고 싶다
주머니 속에서 빠져 나오는 기억
돌멩이가 가득찬 어항에 스며드는 물처럼
흔적없이 사라지는 것들
예기치 않게 넘쳐나는 물
가을햇살이 따사롭지만 선뜻
다가서지 못하는 것은 그리움 때문이다
허리춤에서 빠진 와이셔츠 자락
중년의 허리가 가을을 슬프게 한다
입다무는 풍경
은빛 태양을 머금은 아기의 기저귀,
남편의 와이셔츠, 뒤꿈치가 닳은 양말 한 켤레
저 만치 이마를 짚고 있는 젊음이 다가온다
이 가을
누군가에게 무엇이 돼달라고 말하기보다
이젠 누군가에게 그 무엇이 되고 싶다

은빛으로 펄럭이는 겨울처럼

인생의 가장 빛나던 5월을 기억합니다
우린 기나긴 여름날의 고원을 함께 걸었고
이제 가을의 부드러운 머리카락을 어루만지며
은빛으로 펄럭이는 겨울을 맞겠지요
때로는 당신의 땀을 식혀주는 들판의 솔바람이고 싶
습니다
때로는 당신이 잘 흥얼거리는 콧노래이고 싶습니다
때로는 추운 겨울날에 벽난로에 기대 앉아 시를 읽어
주는
당신의 목소리이고 싶습니다
그리고
긴 세월의 뒤안길에서 바라본 당신이
바로 나이길 바랍니다
절망보다 강하게 쏘아대는 카바이트의 불꽃처럼
빛나던 한 청춘의 눈빛을 기억합니다
하늘과 땅이 마르고 닳을 때까지
이제 당신은 은빛으로 펄럭이는 겨울처럼 내게로 옵
니다

전쟁의 녹슨 추억을 껴안으며

눈을 감으면 더 선명해지는 그림자처럼
물처럼 다가온 당신
아무것도 없는 황토빛 대지 위에 푸른 풀들이 피기 시
작했습니다
아무도 예고하지 않은 영화가 시작될 것 같았습니다.
출발신호를 기다리는 달리기 선수의 방망이질하는 가
슴처럼
인생의 철로에 겁 없이 뛰어드는 한 마리 여린 짐승
우연히 방문한 무정부주의자를 맞이하듯 그냥 웃습니다.
대학노트를 가득 채우고도 남은 이야기들이 철로 위를
걸어다녔지요
수척해진 도시는 코트 자락을 여미며
종이 한 장을 불쑥 내밉니다
결별의 선전포고인가요
이제 돌아올 수 없는 기억의 강을 건너가 버린 사람
암울한 기억을 껴안고 있는 전쟁의 녹슨 추억처럼
이내 사라지는 얼굴

종이상자

차라리 가두어 둘 수 있다면
생각은 자주 육체를 비집고 나온다.
빈집만 지키고 있는 것이 아닐까
내가 가지고 있는 상자
가끔 그 속에 숨어버리기도 하지
오랫 동안 비워둔 집에 들어온 듯
낯설기만 한 풍경
조각조각 발밑으로 떨어진다
브랜드 커피를 마시면서 들은 세상 이야기는
귓속을 지나갈 뿐 다시 돌아오지 않는다
웃는 낮으로 다가오는
아기의 걸음마를 보고
나 다시 육체 속으로 걸어 들어간다.

속성사랑 2
― 작은 영토

퇴근길 무악재 고갯마루
자욱하게 뒤덮인 백색의 경보
전장의 포연인가
차가운 아우성인가
울부짖는 사람 하나 없는데
새침한 연기는 혀를 내민다
소독차가 내려 놓고 간 연기
어린시절
지붕들이 다닥다닥 붙은 동네어귀
소독차가 나타나면
파리떼들처럼 달라붙은 아이들
아무것도 분간할 수 없는 하얀 어둠속에서도
두려움은 꽃피지 않았다
이미 사라질 연기라는 것을 알아버렸기 때문이지
우리가 만약 뒷모습을 보이며 이내 사라져 갈
고난이란 한 청년을 알았다면
이렇게 사는 게 막막하지 않을 텐데
혼자서 우주를 유영하는 한 톨의 별처럼

계절의 한가운데서 느끼는 그 묘한 소외감

절실한 호명

누군가 절실히 호명하는
성탄전야의 하늘은
밤이 오지 않아도 어둡습니다
팥알만한 알전구를 수천 개 뒤집어쓴
가로수가 황금빛으로 깜박이고
고독의 냄새가 창자 가득 채워지면
베토벤의 엘리제를 위하여는
지하철 신문팔이 소년의 뒷통수에서
베어져 나갑니다
정체불명의 사랑을 하다 죽어버릴 운명을
찾아온 서른세 살의 예수여.
힘주어 접어 놓은 지폐 한 장을
펴지 못한 채 죽어갈 운명을 찾아온
서른세 살의 예수여
'내가 너를 사랑하노라'
아무런 느낌 없는 고대어처럼
소년은 농아처럼
동상에 걸린 글씨처럼

꼬물꼬물 죽어갑니다
어린 시절 검은 도화지에
은빛 크레용으로 그린 별이
소년의 가슴에 와 박힙니다
유년의 아이들이 부르던 노랫소리가
들판을 걸어갑니다

감사의 화관

당신은
잠든 기억의 뿌리를 일깨우는 가을의 머릿결,
그 아픔을 눈감게 하고 생명을 준비시키는
어머니의 가슴

당신은
노동으로 얼룩진 땀을 식혀주는 들판의 솔바람.
그 바람을 잠재우고 알곡을 잉태하는
주름진 농부의 손등

당신은
수수께끼를 푸는 어린아이의 흥얼거리는 콧노래
느린 박자로 졸고 있는
욕심 없는 한 톨의 양식

이제 기억하네
기나긴 여름날의 고원
우리가 함께였다는 것을

베네치아 게임처럼
쏟아지는 은빛 빗속으로
레이스 뜨기를 하는
부드러운 당신의 손길

너무나 가까운 곳에
당신이 있었다는 것을
이제 기억하네

침입자

블라인드를 친 두 눈
희뿌연 황사빛 창밖은
은행나무 가지 끝에 이제 돋기 시작한 새순도
황색으로 보이게 하지
겨우내 담겨있던
인고의 시간들이 잉태되는 순간
아침을 노래하는 작은 새 한 마리
압사당할 뻔한 마음은
굴렁쇠처럼
퇴락한 들판을 느리게 굴러간다
침입자
그는 청문회가 열리던 날
균열된 틈을 비집고 들어왔다
포도원을 허는 교활한 여우처럼
상처난 발목을 문다
충고가 아닌 말의 매질을 하는 사람이 얼마나 많은가
그가 남긴 흔적을 막기 위해서
겨우내 지켜왔던 쓸모없는 축대를 헐어버린다

어둠 속에 헹구어내도 개운치 않은

육체 속에 박혀 있는

가고 싶었던 수 많은 길의 주소들이 하나 둘 **빠져 나**
온다

A4 용지에 박힌 수 많은 유전자 정보

가끔씩 아주 가끔씩 활자 밖으로 나오지만

활자 속에 다시

숨는다

텅빈 서랍

텅빈 서랍을 열면
가슴에 박힌
돌 하나가 점 점 커진다

쉽게 써버리는 동전처럼
소유했을 때
잃어버리는 소중한 것들

텅빈 역사를
바라보면
헤픈 고백이 쏟아질 것 같다

대중탕에 들어서면
하찮아지는 포르노처럼
의미 있음과
의미 없음을
중얼거려도 변함 없는 것들

텅빈 서랍을 열면
그리움이
강물이 되어 흐른다

노란 숫자와 빨간 숫자가
치열하게 공방전을 벌이는
증권회사 전광판

삶은 치열하다

텅빈 서랍을
하나 더
가지고 싶다

폭설

폭설이 내리면 교통대란으로 시내는 마비상태가 되지만
내면의 질서는 일목요연하다.
겨우내 메말랐던 가지, 그것이 세상의 끝인 줄 알았던
뿌리
화려했던 잎이 떨어질 때 그것이 인생이려니 했다.
나목이 되고 가지 끝에 물기가 말라가는 순간에도
그 시간이 지나면 세상은 문을 닫고 나무는 존재하지
않을 거라고 생각했다
그러나 나목은 그 화려했던 가을의 옷보다고 더 순결
한 눈꽃을 피워냈다
결코 젊음을 소유한 나무가 만들어 낼 수 없는 모습이다
내 뿌리가 살아 움직인다
내 생이 단 한번에 피고 지는 끝나는 것이 아니라
다시 봄을 맞을 수 있다는 것을
꿈틀거리는 내 의식의 뿌리는 아직 살아있었다
살아있다는 것은 기억할 수 있다는 것
기억할 수 있다는 것은 존재했다는 증거
존재를 확인하고 싶은 것은 다시 시작되길 바라는 열

망이 아닐까
　그러나 다시 접는다
　세상은 아무일도 아니란 듯 고요하다

항아리

무엇이
누르고 있는 걸까
강가에서
바다에서
바람을 마주해도 그 무엇은 꿈쩍하지 않는다

무엇이
담겨져 있는 걸까
가득 담겨진
노란 욕망과 하늘색 꿈
보라색 우울
그것이 재산인 줄 알았다

돌덩이로
눌러 놓은 꿈틀거리는 순수
지난 가을
장독 뚜껑 위에 얹어 놓은 돌덩이로
동굴처럼 웅크린 생채기가

가리워진 줄 알았다.

항아리를
깨뜨려 버리리라
산산조각난 질그릇 조각들을
사뿐이 밟고 나 걸어 나오리라
새 세상을 기다리는
추녀 끝의 구리종
푸른 빛으로 흩어진다

행방불명된 주소

빌딩 위에서 춤추는 베네통 광고판
언제나 혼자이지
별이 떨어진다.
이 세상을 향해 잉태됐던 별 하나가
하얀 포물선을 그리며 추락한다.
어디로 가는 것일까
한 톨의 먼지로
한 장의 사랑과
한 점의 원망으로……
난 피흘리는 아픔을 노래하고 있는데
나를 행복하다고 하지
저 산은 내게 떠나라고 하는데
저 하늘은 내게 죄인이라고 하는데
세상은 나를 끌어안으려 하네
참기름 한 방울이 흘러내리는 적막함
행방불명된 주소
지금은 그곳에 갈 수가 없다.

행복은 포물선을 그리며 투망질해 온다

한 움큼의 바람이 주섬주섬 들어온다
지척에 두고도 볼 수 없으니
손 내밀면 금세 물기가 묻어날 것 같은데
황혼을 가르며 지나가는 비행기를 보아도
소매 끝 물드는데
침대 시트의 구김살을 손끝으로
하나하나 밀어보며 하루를 시작한다.
보송보송하게 말린 기저귀,
은빛 태양을 머금은 와이셔츠
뒤꿈치가 닳은 양말 한 켤레
흰 포말이 날린다.
마르지 않는 생
퍼올려도 퍼올려도 끝이 없는
깊은 우물처럼 우리 사랑합시다
그리고 보잘 것 없는 우리의 언어가
누군가의 독 묻은 심장에 해독제가 되길 기도한다
행복은 포물선을 그리며 투망질해 온다

종이봉투

퇴근길
손끝에 달려있는 부정父情
아픔과 사랑을 담아
집으로 간다
휘청이는 날은 차라리 그의 주머니였으면
그래도 가족의 사랑을 보듬어 안 듯
이가 나기 시작한 막내를 생각하며
홍시 하나를 더 담는 손
어제밤 분 태풍이
그를 할퀴어도
외투 주머니 속에서 기어나오는
여섯 개의 목숨

편지

흰 등어리만 보아도
가슴이 설레어 오는데
햇살이 유난히 맑은 오늘
너는 고운 잇속을 드러내며
살포시 웃음진다

바람소리만 들어도
뒤돌아보는데
거리가 바람에 스러져 가는 오늘
편지함만한 공간이
가슴에서 떨어져 나간다

언제나 반가운 손님처럼
다정한 모습이었는데
바람이 유난히 센 오늘
너의 옷자락은
저만치 펄럭이고 있구나

사랑과 자유의 상상적 비상(飛翔)

유성호

(문학평론가 · 한국교원대 교수)

1. 자기 회귀의 서정시

대개의 서정시는 주체의 자기 발화(發話)에서 시작되고 완성된다. 물론 시적 대상이 공적 범주에 포괄됨으로써 일종의 사회적 확산을 가져오는 경우도 있지만, 그때도 서정시는 궁극적으로 자기 회귀의 속성을 남다르게 견지한다. 물론 여기에서 말하는 자기 회귀적 속성이 사적(私的) 개인에 국한되는 것이 아님은 췌언의 여지가 없다. 서정시는 가장 사적인 이야기를 형상화할 때도 그 안에 여러 차원의 사회성을 내포하기 때문이다. 결국 서정시는 타자들을 향해 한껏 원심력을 보였다가도 다시 구체적인 개인으로 귀환하는 자기 회귀적 속성을 견지하고 있다 할 것이다.

이지현의 첫 시집 『새들은 망명정부를 꿈꾸며 비행한다』(모아드림, 2006)는 이러한 서정시의 성격을 두루 갖추고 있다. 다시 말하면 시집의 일차적 외관이 시적 대상을 향한 한없는 회한과 그리움으로 형성되어 있기는 하지만, 그것이 시인 자신의 고통스런 성장사 혹은 현재적 삶의 고단함으로 회귀함으로써 궁극적으로 자기 탐구의 기능을 수행하고 있기 때문이다. 이러한 회귀와 탐구의 힘은 대상을 향한 사랑과 그 대상의 부재에서 오는 그리움 사이에서 피어나는 것이지만, 그것은 동시에 또 하나의 상상적 질서를 향해 수렴되는 고유한 형식을 취하고 있다.

아닌 게 아니라 시인은 「自序」에서 "밖이 소란스러울수록 내면의 질서는 일목요연해진다. 내면의 질서가 혼란스러울수록 세상 밖은 고요하다. 세상의 모진 바람을 잠재워주는 눈물꽃이 되고 싶다."라고 고백하고 있다.

여기 표현된 "내면의 질서"는 세상의 소란스러움과 혼란
스러움을 견디는 힘으로 작용하고 있고, 그 '질서'는 다
시 그의 시가 발원한 추억의 숙주(宿土) 안으로 퍼져간
다. 그 퍼져가는 파문이 결국 "세상의 모진 바람을 잠재
워주는 눈물꽃"에 다다를 것을 시인은 소망하는데, 그래
서 그 "눈물꽃"에 이르는 도정은 "곳곳에 산재해 있는
그의 기억들을/하나하나 빼내어 타오르는 망각의 강 위
에 흘려 보내"(「강을 건너며」)는 일인 동시에, "문이 되
어 다가"(「그리운 것은 문이 되어」)오는 그리운 것들을
맞아들이는 경험 속에서 완성되고 있는 것이다.

해질 무렵
석필로 그려진 집 한 채만
남아 있는 마당
졸음에 겨운 아이들의 합창
비음 섞인 아기의 칭얼거림
집으로 돌아가고
난
더듬이를 머리에 이고
세상 밖으로 기어나온다
빗소리만 들리면

뽀오얀 화장을 하고
치마를 정강이까지 걷어올리고
저벅저벅 기억 속으로 들어간다
지난 여름
장마철 실개천에 놀다 일곱 계단을 밟고
하늘로 올라간 세 아이들을 기억하며
더듬이 하나가 잘려나간다
빗소리만 들리면
머리에 인 더듬이가 무거워 세상 밖으로 기어나온다

저당 잡힌 목숨은 하나
그래도
새로 돋아나는 더듬이

—「달팽이」 전문

　시인은 자신의 모습을 '달팽이'로 등가화한다. "해질 무렵"에 "석필로 그려진 집 한 채만/남아 있는 마당"에 모든 이들의 인기척이 사라진 후 달팽이는 "더듬이를 머리에 이고/세상 밖으로 기어나온"다. 그리고 "빗소리만 들리면" 오랜 기억 속으로 잠행을 시작한다. 그런데 그

'기억'은 "지난 여름/장마철 실개천에 놀다 일곱 계단을 밟고/하늘로 올라간 세 아이들"을 향하고 있다. 그럴수록 "더듬이 하나가 잘려"나가면서 달팽이는 "머리에 인 더듬이가 무거워 세상 밖으로 기어나온다". 이처럼 비록 이 세상에 "저당 잡힌 목숨"이지만 그는 늘 새록새록 "새로 돋아나는 더듬이"를 통해 새로운 존재 갱신을 이루어가는 것이다.

그렇듯 시인은 "너무나 가까운 곳에/당신이 있었다는 것을/이제 기억"(「감사의 화관」)하기도 하고, "하얗게 깔린 보도블록 위에/쏟아진 노오란 은행잎/붉은 피를 흘리며 투신한/학우를 닮은 손바닥 한 장이/다리를 휘청이게 한다"(「서울」)면서 '기억'의 하중이 자신의 존재를 구성하는 더없는 원리임을 고백하고 있는 것이다.

　　폭설이 내리면 교통대란으로 시내는 마비 상태가 되지만
　　내면의 질서는 일목요연하다.
　　겨우내 메말랐던 가지, 그것이 세상의 끝인 줄 알았던 뿌리
　　화려했던 잎이 떨어질 때 그것이 인생이려니 했다.
　　나목이 되고 가지 끝에 물기가 말라가는 순간에도

그 시간이 지나면 세상은 문을 닫고 나무는 존재하
지 않을 거라고 생각했다

그러나 나목은 그 화려했던 가을의 옷보다도 더 순
결한 눈꽃을 피워냈다

결코 젊음을 소유한 나무가 만들어낼 수 없는 모습
이다

내 뿌리가 살아 움직인다

내 생이 단 한번에 피고 지는 끝나는 것이 아니라

다시 봄을 맞을 수 있다는 것을

꿈틀거리는 내 의식의 뿌리는 아직 살아 있었다

살아 있다는 것은 기억할 수 있다는 것

기억할 수 있다는 것은 존재했다는 증거

존재를 확인하고 싶은 것은 다시 시작되길 바라는
열망이 아닐까

그러나 다시 접는다

세상은 아무 일도 아니란 듯 고요하다

—「폭설」 전문

여기서 '폭설(暴雪)'은 바깥의 혼란과 "내면의 질서"
를 동시에 가져오는 조건이 되고 있다. "겨우내 메말랐던 가지"나 "세상의 끝인 줄 알았던 뿌리"는 "화려했던 잎이 떨어질 때"가 자신이 존재가 끝나는 순간이었다고 생각하였다. 다시 말하면 "나목이 되고 가지 끝에 물기가 말라가는 순간에" 세상이 "문을 닫고 나무는 존재하지 않을" 것이라고 믿었던 것이다. 하지만 벌거벗은 겨울철 "나목은 그 화려했던 가을의 옷보다도 더 순결한 눈꽃을 피워"내는 것이 아닌가. 소멸에의 예감과 신생의 작업, 이것이 폭설이라는 조건이 주는 이중적 기능이 된 것이다. 그래서 그것은 "결코 젊음을 소유한 나무가 만들어낼 수 없는", 곧 '기억'을 내면화한 깊은 연륜의 결과인 것이다.

이때 나무는 "내 뿌리가 살아 움직"임을 느끼게 된다. 그와 동시에 "내 생이 단 한번에 피고 지는 끝나는 것이 아니라/다시 봄을 맞을 수 있다는 것"을 한껏 의식하고, "꿈틀거리는 내 의식의 뿌리"를 느끼고 있는 것이다. 따라서 "살아 있다는 것은 기억할 수 있다는 것"이야말로 존재 증명이 원리가 되는 것이고 역으로 "기억할 수 있다는 것은 존재했다는 증거"가 되는 것이다. 결국 시인은 "존재를 확인하고 싶은 것은 다시 시작되길 바라는 열망" 때문이라고 노래하면서, 아무 일도 없었던 듯 고요한 풍경 속에서 이처럼 치열한 역설적 사유를 수행하고 있는 것이다.

또한 시인은 "젊은 날 그 푸르던 녹음이 가득했던 캠퍼스와 학우들"(「서울은 낡은 가전제품」)을 기억하고 "시 한 줄에, 한 편의 명화에 감동하고/작은 선물과 호의에 감격할 줄 하는/그 순수함을 다시 갖고 싶다"(「서울은 낡은 가전제품」)라면서 지난 날의 순수했던 시간을 상상적으로 탈환한다. 거기에는 "그리움인가/여섯 개의 목숨을 품던 아버지의 어깨/굴곡이 급격한 산이/수만 년의 세월을 거쳐 완만한 산등성이로 변하듯/모든 것을 덜어낸 완만해진 산/이제/그 어깨 위에 내 어깨를 가만히 기대어본다"(「아버지의 어깨」)에서처럼 결곡하게 내비치는 가족사가 얹혀 있기도 하고, "빛이 가득 든 노트 한 권과 연필/그것만으로도 행복"(「세월」)했던 지난 세월이 담겨 있기도 하다.

이처럼 이지현의 시편들은 '기억'이라는 존재 원리를 통해 지난 날을 복원하기도 하고, 그 '기억'에 대한 형언할 수 없는 열망을 보여주기도 한다. 이러한 자기 회귀성을 통해 그는 흔치 않은 진정성으로 자기 자신에 대한 시적 탐구를 수행하고 있는 것이다.

2. 상처를 넘어서는 기도

이지현 시학을 구성하는 하나의 축은 '기억'의 힘에 있지만, 다른 한 축은 이른바 '종교적 상상력'이라고 부를 수 있는 권역에서 생성된다. 시인은 자신만의 독특한 종교적 경험과 언어로 세상의 불모성을 감싸안는 모성(母性)의 언어를 보여준다. 가령 시인은 "자전거 페달을 밟으면/어느새 은혜의 고동소리는/나의 기도가 된다"(「자전거 페달을 밟으면」)면서, 모든 언어가 기도의 형식으로 화(化)하는 순간을 기록함으로써, 이 세상의 불모성이 갖고 있는 부재와 결핍의 속성을 치유하고 초월하고 견디는 언어적 사제(司祭)가 되고 있는 것이다.

> 누군가 절실히 호명하는
> 성탄전야의 하늘은
> 밤이 오지 않아도 어둡습니다
> 팥알만한 알전구를 수천 개 뒤집어쓴
> 가로수가 황금빛으로 깜박이고
> 고독의 냄새가 창자 가득 채워지면
> 베토벤의 엘리제를 위하여는
> 지하철 신문팔이 소년의 뒤통수에서

베어져 나갑니다
정체불명의 사랑을 하다 죽어버릴 운명을
찾아온 서른세 살의 예수여.
힘주어 접어놓은 지폐 한 장을
펴지 못한 채 죽어갈 운명을 찾아온
서른세 살의 예수여
'내가 너를 사랑하노라'
아무런 느낌 없는 고대어처럼
소년은 농아처럼
동상에 걸린 글씨처럼
꼬물꼬물 죽어갑니다
어린 시절 검은 도화지에
은빛 크레용으로 그린 별이
소년의 가슴에 와 박힙니다
유년의 아이들이 부르던 노랫소리가
들판을 걸어갑니다

—「절실한 호명」 전문

여기서 "호명(呼名)"의 주체는 익명의 캐릭터이다. 어
두운 성탄전야 가로수 위에서 깜박이는 알전구들과 고

독한 지하철 신문팔이 소년이 병치되고 있는 고독한 풍
경은, "정체불명의 사랑을 하다 죽어버릴 운명을/찾아온
서른세 살의 예수"를 절실하게 호명하게끔 한다. 성탄절
이 마치 서구적 액세서리로 바뀐 듯한 요즘 시대에 시인
은 "내가 너를 사랑하노라"라는 예수(신성)의 음성을 간
절하게 듣고 있다.

　그 환청처럼 겹쳐 있는 종교적 경험 속에서 시인은
"아무런 느낌 없는 고대어처럼" 죽어가는 아이의 풍경을
그리고 나아가 "어린 시절 검은 도화지에/은빛 크레용으
로 그린 별"을 소년의 가슴에 오버랩시킨다. 그때 아이
들이 부르던 노랫소리가 들리면서, 그 '절실한 호명'의
순간은 끝이 난다. 시인의 종교적 경험과 언어가 사회적
타자를 향하고 있는 좋은 사례이다.

　그래서 시인은 비록 "언어 채집에 나선 작은 사냥꾼"
(「박물관」)일 뿐이지만, 그는 "보잘 것 없는 우리의 언어
가/누군가의 독 묻은 심장에 해독제가 되길 기도한다"
(「행복은 포물선을 그리며 투망질해 온다」)고 말할 수 있
는 것이다. 이처럼 상처를 넘어서는 기도야말로 이지현
시편의 중요한 속성이 아닐 수 없다.

그는 아랍 선교를 꿈꾸던 서른세 살의 청년이었습니다. 또한 조국의 아들, 당신의 아들이었습니다. 서른세 살의 청년, 예수가 십자가에 달려, "엘리 엘리 라마 사박다니"라고 말씀하셨듯이 그도 기도했을 것입니다.//(…)//주님, 이제 범람하는 분노의 바다를 잠잠케 하소서. 이유를 알 수 없는 고통의 광야에서 유리하는 영혼들을 위로하소서. 비통의 골짜기에 빠져 있는 가족들을 건져주시고 광야에서 뒹구는 상처 입고 지친 영혼들을 어루만져주소서. 그리고 상실과 절망의 늪에 빠져 있는 이 나라를 건져주소서. 악의 세력에 무릎을 꿇는 것이 아니라 주님의 절실한 호명에 무릎을 꿇게 하소서.

— 「생명의 기도」 중에서

이라크에서 비극적인 죽음을 당한 고(故) 김선일 선교사를 시적 대상으로 삼은 이 작품은, "아랍 선교를 꿈꾸던 서른세 살의 청년"과 "서른세 살의 청년, 예수"를 중첩시키고 있다. 예수는 십자가에 달려 "엘리 엘리 라마 사박다니"라고 외침으로써 자신의 생애를 마쳤는데, 그 외침은 사지(死地)에서 똑같은 기도를 올렸을 김선일 씨의 언어를 적극 환기하고 있다. 또한 그것은 시인의 기도로까지 이어지면서 "주님, 이제 범람하는 분노의 바다를 잠잠케 하소서. 이유를 알 수 없는 고통의 광야에서 유리하는 영혼들을 위로하소서. 비통의 골짜기에 빠져 있는 가족들을 건져주시고 광야에서 뒹구는 상처 입고 지친 영혼들을 어루만져주소서. 그리고 상실과 절망의 늪에 빠져 있는 이 나라를 건져주소서. 악의 세력에 무릎을 꿇는 것이 아니라 주님의 절실한 호명에 무릎을 꿇게 하소서."라는 절절한 희원(希願)으로 나타나게 된다. 그 순간 예수와 김선일 선교사와 시인은 상처를 넘어서는 기도 속에서 하나의 육체로 결합하게 된다.

말할 것도 없이, 이는 "바라만 보고 있어도/잔잔히 부서진 목소리를 듣고만 있어도/우물처럼 깊어지는 그리움을 주는 것은/바로 당신"(「바로 당신입니다」)이라는 그의 신앙 고백이 역사적으로 상처입은 이들을 위무(慰撫)하고 치유하는 기도의 언어로 전화된 결과일 것이다.

3. 사랑과 자유의 힘

이지현 시학의 두 기둥인 '기억'의 힘과 '종교적 상상력'을 묶어주는 원동력은, 사랑과 자유를 추구하는 그의 상상력이다. 시인은 "아직 온기가 배인 엄마의 옷은 하루치의 위안"(「풍경 1」)이라든가 "외출 후 돌아온 나의 얼굴엔 피곤이 가난처럼 걸려 있다"(「풍경 2」)라는 진술 속에서 현재적 삶의 간단치 않은 고통을 고백하고 있다. 하지만 시인은 시집 곳곳에 "바이러스에 감염된 디스켓처럼/모든 사람에게 내 아픔을 나눠주고 싶을 때가 있다"(「바이러스에 감염된 디스켓」)라면서 자기에 대한 연민과 타자를 향한 사랑의 마음을 동시에 실어 보여주고 있다. 연민과 사랑을 통한 타자와의 결속, 이것이 이지현 시편들에 흩뿌려져 있는 숨겨진 주제라 할 것이다.

　　역사성을 갖기 위해, 나만의 논리를 갖기 위해 살아온 시간들이 손짓하며 웃고 있소. 부질없었다고. 과연 우리가 이 세상에서 기쁨을 누리고 행복감에 젖을 수 있는 영역은 한정된 것이 아닌가 하오. 허름한 여관방에서 헤겔의 변증법을 이야기하며 작은 세미나를 열던 시절, 명동성당 앞에서 장구 소리에 어깨춤을 추며 가락을 맞추던 시간들… 연기처럼 사라질 거라고 미리 알았다면 내 인생이 달라졌을까 하오.

　　　　─「내 그대를 사랑하는 까닭은」 중에서

"역사성"과 "나만의 논리"를 위해 시인은 오랜 시간의 고뇌를 안고 살아왔다고 고백한다. "부질없었다"는 회억(回憶)이 뒷받침하듯 그 세월은 "과연 우리가 이 세상에서 기쁨을 누리고 행복감에 젖을 수 있는 영역은 한정된 것"이라는 깨달음만을 남겼다. "허름한 여관방에서 헤겔의 변증법을 이야기하며 작은 세미나를 열던 시절"과 "명동성당 앞에서 장구 소리에 어깨춤을 추며 가락을 맞추던 시간들"은 비록 연기처럼 사라졌다. 그것을 미리 알았다면 생이 달라졌을 것이라고 하지만, 달라지지 않은 자신의 삶에 대한 회한에도 불구하고 자신의 생의 형식에 대한 바꿀 수 없는 자긍심이 이 시편 안에는 새겨져 있다. 그래서 시인은 "문득 문득/통증 속에서 존재를 실감"하면서 곧 "사랑이 있던 그 자리가/바로 내가 존재했던 자리란 것"(「사랑이 존재하는 자리」)을 고백하게 되는 것이다.

하지만 시인은 "다시는/사랑의 시를 쓸 수 없는 것일까"(「수취인 불명에게」)라면서 부재와 결핍을 견디는 그리움의 언어를 보여준다. 또한 "바람이 사랑은 그리움을, 고통을/기다리는 것이라고/심장을 독수리에게 쪼아 먹히는/고통을 참아내는 것이라고/말해주었을 땐/이미

난 멈추려 해도 멈출 수 없는/사람을 사랑하는 병에 걸리고 말았다"(「바람의 딸」)라면서, 이미 '사랑' 이야말로 자신의 존재 형식임을 고백하고 있다. 부재를 통한 존재 증명, 그것이 이지현 시편에 녹아 있는 '사랑'의 함의인 것이다. 또한 그 '사랑' 안에는 '자유'를 향한 상상적 비상(飛翔)의 의지가 새겨져 있다.

> 새들은 망명정부를 꿈꾸며 비행한다
> 머리 둘 곳 하나 없는 세상
> 어쩌면 이 비행이 멈추지 않을지도 모르는데
> 떠남에 익숙해져버렸다
> 갈망의 주머니를 안고 사는 유목민처럼
> 내 가진 것이라곤 모래바람을 막을 수 있는 모포 한 장과
> 반가운 손님을 대접할 말 우유 한 잔이 전부
> 다시 돌아갈 수 있을까
> 연녹빛 잎사귀들의 속삭임에 웃음을 참을 수 없었고
> 창연한 가을빛에 넋을 잃었던 곳
> 안온한 둥지에 세월을 묻었다
> 바람에 허리가 꺾인 어느 겨울날
> 눈의 무게를 못 이겨 뚝-뚝- 비명을 지를 때

소리의 굉음을 피해 도망치고 말았다
새들은 망명정부를 꿈꾸며 비행한다
유전자 속에 각인된 본능이
기억 속에 흐려지고 찢겨져 나가길 기다리며
새 날의 새 둥지를 찾아
무정부주의자는
저무는 햇살을 등에 업고 장엄하게 날아오른다.

—「새들은 망명정부를 꿈꾸며 비행한다」 전문

　　새들이 꿈꾸는 '망명정부'는 그곳이 비록 "머리 둘 곳
하나 없는 세상"일지라도 비행을 멈출 수 없는 열망의
공간이다. 비행에 익숙해져버린 새들은 "갈망의 주머니
를 안고 사는 유목민처럼" 떠나가는 것이다. 이때 '유
목'의 삶이야말로 이지현 시편의 확연한 배경이 되고 있
다. 다시 말하면 "내 가진 것이라곤 모래바람을 막을 수
있는 모포 한 장과/반가운 손님을 대접할 말 우유 한 잔
이 전부"라는 것이다.

　　결국 "창연한 가을빛에 넋을 잃었던 곳"을 향하면서
"새들은 망명정부를 꿈꾸며 비행한다". 그것이 바로 "유
전자 속에 각인된 본능"이며 "새 날의 새 둥지를 찾아"

떠나는 '무정부주의자'의 장엄한 비행이기 때문이다. 그렇다면 이 '무정부주의자'들이 찾아 떠나는 '망명정부'란 대체 어떤 곳인가? 그곳은 자유를 향한 상상적 비상이 있고, 신성(神聖)과 인간이 공존하며, 슬픔과 그리움을 넘어서는 사랑이 존재하는 공간일 것이다. 하지만 그 '망명정부'는 늘 꿈꿀 수밖에 없는 미실현의 공간이기도 하다. 시인은 그 상상적 작업을 멈추지 않을 것을, 새들의 비상을 통해 형상화한 것이다.

그래서 시인은 비록 "말라버려 더 이상 써지지 않는/나의 추억" 때문에 "더 이상 겨드랑이에선/날개가 돋지"(「돋지 않는 날개」) 않는다 하더라도 "날아오길 기다리는나는/둥지 같"(「둥지」)을 수 있다고 말하는 것이다. 이러한 자유와 비상에 대한 상상적 열망을 그는 "나의 수인 번호는 '자유' 또는 '상상'/커피 대신 녹차를 마실 수 있는 자유/서비스센터 대기실에서 히말라야를 생각할 수 있는 상상"(「자유 또는 상상」)이라고 표현하고 있다.

이처럼 이지현 시집 『새들은 망명정부를 꿈꾸며 비행한다』는 서정시의 자기 회귀성을 바탕으로 한 자기 성찰과 탐구, '종교적 상상력'을 통한 치유의 기도, 그리고 사랑의 힘으로 탈환하는 상상적 자유 안에서 구현되고 있다. 이는 "누구를 위한 노래를 불러야 하나/내 조국 내 남편 내 아이 … 나의 시"(「팔랑거리는 자유」)에서처럼 궁극적으로 '시'를 통해 얻어낸 성찰과 치유와 사랑과 자유이기도 하다. 이 같은 사랑과 자유의 상상적 비상을 통해, 우리는 이 세상의 천연스러운 불모성과 맞설 수 있는 힘을 부여받는 것이다.

새들은 망명정부를 꿈꾸며 비행한다

글쓴이 / 이지현
펴낸이 / 孫貞順
펴낸곳 / 모아드림

1판 1쇄 / 2006년 5월 4일

서울 서대문구 북아현3동 180-22
전화 / 365-8111~2
팩시밀리 / 365-8110
E-mail / morebook@morebook.co.kr
http://www.morebook.co.kr
등록번호 / 제2-2264호(1996.10.24)

값 6,000원